AZZI IDIR DHÁ STÓL

SARAH GARLAND A SCRÍOBH AGUS A MHAISIGH

An Gúm
Baile Átha Cliath

Tosaíonn an scéal seo i dtír a bhí i mbun cogaidh.

Seo scéal Azzi.

Bhí an cogadh ag druidim níos gaire do theach Azzi in aghaidh an lae, ach ba bheag an t-athrú a bhí tagtha ar a saol.

Bhíodh athair Azzi fós ag obair mar dhochtúir.

Bhíodh a máthair fós ag déanamh éadaí áille.

Bhíodh a mamó fós ag fí pluideanna teolaí.

Thugadh Mamó Azzi ar scoil gach maidin go fóill.

Ba mhinic a thagadh a cuid cairde ar cuairt san iarnóin.

Uaireanta, bhreathnaídís thar bhalla an gharraí ar na saighdiúirí ag máirseáil thar bráid.

Ó am go chéile, thagadh torann an-ard ó ghunnaí na héileacaptar,

chomh hard sin, go raibh na cearca ró-scanraithe a gcuid uibheacha a bhreith.

Ansin, tráthnóna amháin, bhuail an guthán. D'éist Daid leis an teachtaireacht agus tháinig dath bán ar a éadan leis an ngeit a baineadh as. Labhair sé go sciobtha. 'Isteach libh sa charr! Caithfimid imeacht lom láithreach! Níl dóthain ama ann le rudaí a phacáil! Táimid i mbaol an-mhór!' Ar an bpointe boise, d'athraigh saol Azzi go deo na ndeor.

Rith Daid, Mam, Azzi agus Mamó timpeall an tseomra.
Thóg Daid mála pónairí. Thóg Mam pluid, ceann a d'fhigh Mamó.
Rug Azzi ar a rogha béirín, Bóbó. Thug Mamó ar Azzi a cóta a chur uirthi.

'Tá mise ag dul ag fanacht anseo, chun aire a thabhairt don teach,' arsa Mamó.
'Níl sé chomh contúirteach céanna domsa. Ná bígí buartha, leanfaidh mé sibh ar ball.'
B'in an chuid ba mheasa den scéal ag Azzi, a mamó a fhágáil ina diaidh.

Chuir Mam Azzi i bhfolach sa charr, istigh faoi phluid Mhamó.

Thiomáin Daid go sciobtha i dtreo na sléibhte.

Chan Mam amhráin leis an meanma a ardú.

Stopadh an carr uair amháin. Bhí tóirsí geala ag na daoine taobh amuigh. 'Taispeánaigí bhur bpáipéir dúinn!' a bhéic na saighdiúirí.
Ní raibh smid as Azzi. Bhí a fhios aici nach raibh aon pháipéir ann di féin agus bhí faitíos uirthi. Ach ní fhaca na saighdiúirí í.

Thiomáin Daid ar aghaidh, níos sciobtha ná riamh.

A leithéid d'ocras níor mhothaigh Azzi riamh.

Choinnigh sí greim daingean ar Bhóbó go dtí gur thit sí ina codladh.

Nuair a dhúisigh sí, bhí an carr stoptha.
D'oscail Mam an doras agus thóg sí Azzi amach in aer fuar na maidine.
B'in í an fharraige mhór os a comhair amach.

Bhí bád le feiceáil amach uathu agus í ceangailte leis an gcé.
Bhí daoine ag rith ina treo. D'fhág Daid, Mam agus Azzi an carr
ar an gcladach agus rith siadsan chomh maith.

Bhí gach duine ag brú a chéile ar an gcé, ag iarraidh dul isteach sa bhád, ag iarraidh éalú ó chontúirtí an chogaidh.
Bhrúigh Daid agus Mam chomh maith, chomh láidir is a d'fhéadfaidís.

Anuas leo ar dhréimire chuig an mbád agus léim siad ar bord. 'Sin sin! Tá an bád lán!' a scread an bádóir, agus é ag scaoileadh uaidh an téad tíre. Rinne sé an t-inneall a dhúiseacht, chas sé an bád agus bhí siad amuigh ar an bhfarraige mhór.

Suas agus anuas ar bharr na dtonnta, threabh an báidín trasna na farraige
lá i ndiaidh lae agus oíche i ndiaidh oíche.

Nuair a chuimil Azzi a teanga dá béal tirim, d'airigh sí blas an tsáile. Nuair a chuach sí
Bóbó léi féin, d'airigh sí a fhionnadh ina cholgsheasamh ón sáile. Nuair a rinne sí
iarracht dul a chodladh, d'airigh sí pluid Mhamó tais agus fuar ina timpeall.

Bhí lá nua ag breacadh, ní raibh ach réalta amháin fágtha sa spéir.
Bándearg agus liath a bhí na haillte amach rompu.
Den chéad uair, chonaic Azzi cruth na tíre nua.

Bhí gach rud difriúil sa tír nua.
Bhí cuma dhifriúil ar na daoine.
Bhí blas difriúil ar an mbia a thug siad d'Azzi.

An dtaispeánfaidh tú do pháipéir dom, a dhuine uasail?

Labhair fir agus mná le Daid agus Mam i bhfocail nár thuig siad.

Tháinig fear ar an bhfód a labhair a dteanga féin. Bhí sé féin agus Daid ag caint ar feadh i bhfad.

Tháinig bus faoi dheireadh chun iad a thabhairt chuig a mbaile nua.

Ach bhí sé seo an-difriúil lena seanbhaile.
Bhí sé beag bídeach, gan ach seomra amháin ann agus seomra folctha taobh amuigh.
'Breathnaigh, a Azzi,' arsa Mam, 'thug daoine cineálta troscán agus corcán dúinn.'
'Is gearr go mbeidh cead agam dul amach ag obair,' arsa Daid. 'Beidh baile deas againn ansin.' Ba é a dúirt Azzi léi féin ná, 'Cén chaoi a bhféadfaimis baile deas a bheith againn gan Mamó?'

Shiúil Mam agus Azzi sráideanna na cathrach ar feadh roinnt mhaith laethanta, go dtí gur aimsigh siad scoil a raibh áit inti d'Azzi.

Bhuail Azzi lena múinteoir nua. Chroith sé lámh léi agus labhair sé go cineálta agus go mall léi. 'Dia duit, a Azzi. Is mise an Máistir Ó Muilleoir. Beidh mé ag súil leat Dé Luain.' Thuig Mam na focail 'Dé Luain'. Chlaon sí a ceann agus rinne sí meangadh gáire.

Rinne Mam Azzi a shoipriú ar an tolg oíche Dé Domhnaigh.
Ag cuimhneamh ar Mhamó a bhí Azzi, léi féin ina dtír dhúchais.

Ansin thosaigh sí ag smaoineamh ar a scoil nua.
Cén chaoi a mbeadh sí in ann cairde nua a dhéanamh nuair nach raibh an teanga nua aici? Cén chaoi a mbeadh sí in ann a múinteoir nua a thuiscint?

Bhí an-ghleo go deo sa scoil! Rith páistí thar Azzi de sciuird. Bhí a gcuid éadaí difriúil, bhí teanga dhifriúil acu, agus níor thug duine ar bith aird uirthi.

Bhuail clog. Lean Azzi na páistí go dtí an seomra ranga. Bhí imní uirthi ach, ar sise léi féin, 'Níl mé ag dul ag caoineadh.'

Ciúnas, a pháistí!

Bhuail an Máistir Ó Muilleoir a bhosa le chéile le ciúnas a fháil. 'Tá Azzi linn inniu den chéad uair. Cuirigí fáilte mhór roimpi!' Ach níor thuig Azzi a chuid cainte.

Ansin, ar deireadh, chuala sí iad, focail a bhí sí in ann a thuiscint!

Glór ciúin,
ag labhairt ina teanga féin.

Chonaic sí an bhean a labhair, aghaidh chineálta uirthi, 'Dia duit, a Azzi. Sabeen is ainm dom. Tá mise anseo le cuidiú leat.'

Thosaigh Sabeen ag insint d'Azzi faoin méid a bhí á rá ag an máistir. Thosaigh sí ag múineadh cuid de na focail nua d'Azzi. Ba ghearr go raibh Azzi tar éis foghlaim cén chaoi le 'Dia duit' agus 'Azzi is ainm dom' agus 'Slán' a rá.

Ach bhraith Azzi uaigneach arís ag am lóin. D'ith sí an lón a bhí réitithe ag Mam di, a bhí difriúil le lón na bpáistí eile.

Nuair a bhí sí críochnaithe, thóg sí a cóta ón gcrúca agus chuaigh sí amach chuig an gclós.

Rith duine éigin ina treo. 'Dia duit!' arsa an cailín. 'Lúsaí is ainm dom.' Rinne Azzi iarracht ceacht Sabeen a thabhairt chun cuimhne. 'Slán,' ar sise, 'Azzi is ainm dom.'

'Is "Dia duit" atá i gceist agat,' arsa Lúsaí agus í ag gáire. 'Dia duit Azzi ainm dom slán,' arsa Azzi. Rinne Lúsaí gáire beag eile, agus thosaigh Azzi ag gáire freisin. 'Téimis ag scipeáil,' arsa Lúsaí.

Bhí Azzi ag faire fad a rinne Lúsaí scipeáil. Rinne Lúsaí cuntas go dtí a cúig sular bhain an téad tuisle aisti. Fuair Azzi a seans ansin.

Rinne Azzi fiche léim sular baineadh tuisle aisti ar an téad.
Bhí focal nua foghlamtha aici an lá sin, focal gearr. 'Léim.'

Bhíodh Sabeen ag cabhrú le hAzzi i rith an ama. Maidin amháin, rinne Azzi pictiúr di, pictiúr de héileacaptar agus de ghunnaí.

Ba ghearr go raibh Azzi ag insint do Sabeen faoin gcogadh, agus faoin gcaoi ar éalaigh siad, agus faoin gcuid ba mheasa den scéal, is é sin, Mamó a fhágáil ina ndiaidh. 'Tuigim cén chaoi a mbraitheann tú,' arsa Sabeen. 'Bhí mé féin an-bheag nuair a d'fhágmar ár dtír féin.'

D'inis Sabeen a scéal féin d'Azzi.

'Shiúil mé féin agus mo theaghlach tríd an bhforaois,

agus trasna aibhneacha,

agus thar shléibhte,

go dtí gur shroicheamar campa.

D'fhanamar ocht mbliana sa champa.

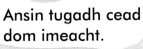

Ansin tugadh cead dom imeacht.

Ach bhí ar mo mhuintir fanacht ann. Bhris sin mo chroí.

'Beimid le chéile arís lá éigin', arsa Sabeen. 'Agus ceapaim go bhfeicfidh tú do Mhamó arís lá breá éigin freisin.'

Ba mhinic a bhuaileadh Sabeen le Mam ina dhiaidh sin. Lá amháin, dúirt sí: 'Tá ag éirí go han-mhaith le hAzzi. Tá sí ag éirí níos líofa sa teanga nua in aghaidh an lae.'
'Níl mé ag iarraidh go ndéanfaidh sí dearmad ar a teanga dhúchais,' arsa Mam.
'Ní dhéanfaidh!' arsa Sabeen 'Labhróidh sí an dá theanga, mar a labhraím féin.'

Ar an mbealach abhaile, d'inis Mam d'Azzi cé na focail nua a bhí foghlamtha aici an lá sin. 'An ceann sin, le do thoil', 'Cé mhéad atá air sin?' agus 'Úlla'.

D'inis Azzi do Mham cé na focail nua a d'fhoghlaim sise an lá sin.
'Ba mhaith liom' agus 'Céard é seo?' agus 'Mamó'.

Nuair a tháinig Daid abhaile bhí sé ró-thuirseach le hinsint dóibh cé na focail nua a bhí foghlamtha aige. Luigh sé síos fad a d'ullmhaigh Mam an suipéar.
'An bhfuair tú aon obair go fóill?' a d'fhiafraigh Azzi. 'Ní bhfuair, a Azzi,' arsa Daid.
'Níl cead agam bheith ag obair anseo go fóill. Dá mbeadh garraí agam, ar a laghad d'fhéadfainn mo chuid pónairí a chur agus ár gcuid bia a fhás. Ach níl aon mhaith leis na pónairí anois. Agus níl aon rud le déanamh agam.' Agus dhún sé a shúile.

Thosaigh Azzi ag foghlaim an chaoi le comhaireamh a fhad le deich sa teanga nua ar scoil. 'Is gearr go mbeidh tú in ann do chuid ladhracha a chomhaireamh chomh maith,' arsa Sabeen.

Ba mhinic a dhéanadh sí a lón a mhalartú le Lúsaí.
'Is breá liom na pónairí sin!'

Ansin, lá te earraigh, labhair an Máistir Ó Muilleoir leis an rang.
'Amárach tosóimid ar an ngarraíodóireacht. I dtosach, cuirfimid síolta i ngarraí na scoile.
Cé a tharraingeoidh pictiúr de na plandaí a d'fhéadfaimis a fhás?'
'MISE' a scread gach duine in éineacht.

Tharraing siad . . .

tráta,

leitís,

puimcín,

agus lus na gréine.

Ach bhí Azzi ag brionglóideach. Bhí sí ag brionglóideach faoin ngarraí sa bhaile. An chaoi a n-athraíodh dath na dtrátaí ó ghlas go dearg, an chaoi a leathadh an leitís a duilleoga catacha, an chaoi a ndreapadh an puimcín ar an sconsa, an chaoi a dtiontaíodh éadain na lusanna gréine le breathnú isteach sa chistin, áit a suíodh Azzi lena rogha béile de phónairí spíosraithe a ithe.

Sheas Azzi agus chuaigh sí chuig an gclár bán. Rug sí ar an bpeann agus tharraing sí pónaire. 'Maith an cailín,' arsa an máistir. 'An-smaoineamh é sin. Féadfaimid pónairí a chur sa talamh sa chaoi go bhfásfaidh siad ina bplandaí arda a thabharfaidh go leor leor pónairí dúinn.' Ar an bpointe boise, bhuail smaoineamh iontach Azzi.

SIN É! Gheobhadh sí na pónairí speisialta ó mhála Dhaid.

Chuirfeadh sí féin iad i ngarraí na scoile.

Chuirfeadh sí idir ionadh agus aoibhneas ar Dhaid!

Agus í sa bhaile, rith Azzi go dtí an mála.

D'amharc sí isteach ann. Bhí an mála folamh!

Agus bhí boladh álainn ar an aer!

'Rinne mé do rogha suipéar, arsa Mam. PÓNAIRÍ SPÍOSRAITHE!'

Cad chuige a bhfuil na deora ag sileadh le hAzzi?

Caithfidh go bhfuil tuirse ort, a stór.

Ní thuigeann Mam é.

Chuaigh sé an-dian ar Azzi suí agus a babhla pónairí spíosraithe a ithe. Bhí sí ag smaoineamh ar an gcaoi a bhféadfadh gach ceann acu fás aníos ina planda ard, iad trom le faighneoga pónairí, agus ar an gcaoi a bhféadfadh sí pónairí a bhaint faoin bhfómhar do Mham agus do Dhaid agus don scoil ar fad le hithe. D'fhéadfadh sí croí Dhaid a ghealadh, go mbeadh sé chomh geal is a bhíodh sa bhaile sa seansaol.

Ní fhéadfadh Azzi dul a chodladh an oíche sin, agus thosaigh sí ag cuimhneamh siar ar na seanlaethanta sona. Chuimhnigh sí ar Mham agus an uair a rinne sí gúna nua di. Chuimhnigh sí ar a bheith ag sórtáil olann do Mhamó. Ach ansin, mar ba ghnách, thosaigh imní ag teacht uirthi. An mbeidís in ann fanacht sa tír nua shábháilte seo? An raibh Mamó i mbaol sa bhaile?

Ach, go tobann, bhí Azzi ina lándúiseacht. Bhí rud éigin faoin gcúisín!

Pónairí! Pónairí a thit as mála Dhaid. Iad caillte agus ligthe i ndearmad.

Pónairí nár chócaráil aon duine agus nár ith aon duine don suipéar.

Ocht bpónaire fhoirfe a d'fhéadfadh Azzi a chur i ngarraí na scoile.

Suas léi agus chuir sí isteach go cúramach i bpóca a cóta iad.

Ar ais léi ansin faoi phluid Mhamó agus chodail sí go sámh ar deireadh thiar.

Ocht bpónaire! Bhí Azzi ar bís chun iad a chur.
Sháigh Azzi ocht slat san ithir i ngarraí na scoile.
Rinne sí poll do gach pónaire taobh le gach slat.

'Cé a mhúin duit le pónairí a chur mar sin, a Azzi?' a d'fhiafraigh an máistir.
'Mo mhamó,' arsa Azzi.
'Agus anois, tá tusa á mhúineadh dúinne,' arsa Sabeen.

An bealach ar fad abhaile, bhí Azzi ag smaoineamh ar na pónairí ag fás i ngarraí na scoile.

Ach bhí rún ag Mam chomh maith. Bhí loinnir ina súile agus meangadh ar a béal sa siopa,

Dea-scéala!

agus trasna an bhóthair,

An bhfuil tú réidh?

an bealach ar fad go dtí doras a seomra.

'Dún do shúile, a Azzi,'
arsa Mam.

'Anois, oscail iad,'
ar sise.

'MAMÓ!'
a scread Azzi.

Agus léim sí isteach i mbaclainn Mhamó. Agus shil sí na deora aoibhnis. Agus shil Mamó na deora aoibhnis. Agus rinne Mam agus Daid amhlaidh chomh maith.

Bhí an-tuirse go deo ar Mhamó, ach i ndiaidh an tsuipéir d'inis sí a scéala dóibh.

'Tháinig bithiúnaigh chuig an teach agus gunnaí acu. Bhí faitíos mór orm.

Bhí orm gach rud a fhágáil i mo dhiaidh. Ár mbaile álainn, an garraí, na cearca.

Dhíol mé mo bhráisléid óir le híoc as mo thuras.

Thaistil mé san oíche i leoraí mór. Bhí sé dian agus contúirteach.

Bhí orainn stopadh agus dul i bhfolach i rith an lae.

Nuair a shroich mé an áit seo, bhí faitíos orm go gcuirfidís ar ais mé.

Bhí áthas an domhain orm nuair a thug siad cead dom fanacht.

Táimid slán i láthair na huaire agus táimid ar fad le chéile, agus sin an rud is tábhachtaí.' arsa Mamó.

Chuaigh na seachtainí thart sa seomra cúng. Maidin amháin, fuair Daid litir ag am bricfeasta. Las a aghaidh le háthas agus phreab sé ina sheasamh. 'Tagaigí liom!' ar seisean.

Rith siad amach an doras agus síos an staighre, amach ar an tsráid, agus timpeall cúinne, go dtí teach beag a raibh clós ag gabháil leis.

'Tá teach ceart anois againn!' arsa Daid. 'Ó tharla go bhfuil Mamó tagtha inár measc, tá teach níos mó againn anois – dhá sheomra, seomra folctha, agus clós, áit a mbeimid in ann ár gcuid glasraí a chur.'
'Spás le haghaidh inneall fuála!' arsa Mam. 'Spás le haghaidh seol láimhe!' arsa Mamó.
'Spás scipeála domsa agus do Lúsaí! ' arsa Azzi, agus ina hintinn dúirt sí, 'Ní bheidh mo bhaile nua mar an gcéanna le mo sheanbhaile go brách, ach tá sé ag dul i bhfeabhas an t-am ar fad.'

D'fhoghlaim Azzi rudaí nua ar scoil i rith na bliana sin.

Agus, sa bhaile, d'inis Mamó scéalta di faoi na seanlaethanta.

Bhí Azzi agus Lúsaí ina ndlúthchairde. Tháinig Zirak ar an bhfód, buachaill óna tír dhúchais, agus chuidigh Azzi leis an teanga nua a fhoghlaim.

Gach lá, d'fhás na plandaí pónairí ní b'airde ar a slata i ngarraí na scoile, agus thagadh beacha ar cuairt go dtí na bláthanna. Bhí faighneoga glasa ar crochadh ina siogarlaí, agus istigh iontu bhí na pónairí úra ag dul i méid.

De réir a chéile, d'éirigh na plandaí tirim agus donn, agus bhí na pónairí móra ag gliogarnach go scaoilte sna faighneoga.

'Deir Mamó gur comhartha é sin go bhfuil siad réidh le baint,' arsa Azzi.

Chuaigh na páistí go léir agus an Máistir Ó Muilleoir i mbun oibre. Bhain siad agus scoilt siad na faighneoga, agus líon siad an mála leis na pónairí speisialta.

'Coinneoimid roinnt pónairí le cur sa gharraí an t-earrach seo chugainn,' arsa an máistir. 'Ansin, beidh ár ndóthain pónairí againn leis na dinnéir scoile a dhéanamh. Féadfaidh tú an chuid eile a thabhairt do do theaghlach, a Azzi.'

Bhí Azzi in ann na pónairí a thabhairt abhaile ar deireadh. Bhreathnaigh Daid. Bhreathnaigh sé arís. Chuir sé a mhéara trí na pónairí. 'Ach tá siad seo díreach cosúil leis na pónairí a thug mé liom ónár seangharraí!' ar seisean.
'Tá siad, go deimhin!' arsa Azzi. 'Tháinig mé ar ocht bpónaire faoi chúisín an toilg agus chuir mé iad i ngarraí na scoile. Agus anois tá lán mála againn!'
Thug Daid póg d'Azzi.

Thóg sé roinnt pónairí le cur sa chlós an t-earrach dár gcionn.

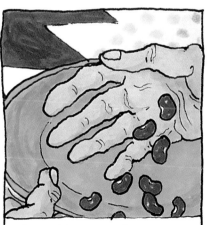

Thóg Mamó roinnt pónairí leis an suipéar a dhéanamh.

Thóg Mam an chuid eile le cur i dtaisce le haghaidh béilí sa gheimhreadh.

'An bhfuil tú sona anois, a Dhaid?' a d'fhiafraigh Azzi.

'Tá. Grá mo chroí thú, a Azzi,' ar seisean.

'Tá mise ag smaoineamh ar phónairí don suipéar,' arsa Mam.

'Saol nua, pónairí nua,' arsa Mamó agus í ag breith ar an gcorcán.

Bhí cuma níos fearr ag teacht ar shaol nua Azzi.